AF370830

Nº 303. — Roman : nº 135.   25 Septembre 1926.

LA PETITE ILLUSTRATION

Revue hebdomadaire
*publiant les pièces nouvelles jouées dans les théâtres de Paris,
des romans inédits et des critiques littéraires et dramatiques.*

LÉO LARGUIER

SABINE

Roman

II

Illustrations de P.-J. POITEVIN.

PARIS
Éditions de *L'ILLUSTRATION*
13, Rue Saint-Georges (9ᵉ)

Copyright by Léo Larguier, 1926.

Aucun numéro de La Petite Illustration ne doit être vendu sans le numéro de L'Illustration portant la même date.

ABONNEMENT ANNUEL
L'Illustration et La Petite Illustration réunies : France et Colonies, 150 fr.
Étranger, tarifs énoncés en monnaies nationales ou usuelles et basés sur l'affranchissement variant suivant les pays destinataires :
consulter la page 2 de la couverture de L'Illustration.

LA VIE LITTÉRAIRE

NOMS DE RUES ET LIEUXDITS

Un écrivain qui situe l'existence d'un de ses personnages romanesques en quelque ville de province a grand soin de ne le point loger dans une rue Gambetta, une avenue Victor-Hugo ou bien un boulevard Carnot. Non point que le grand tribun, l'illustre poète ou le chef d'Etat grandi par une fin tragique n'apparaissent pas au romancier dignes de son admiration ou de son respect. Mais les raisons qui font graver un nom à l'angle d'une rue ne sont pas toujours celles qui font utiliser ce même nom dans un livre. Le romancier choisira de préférence, pour s'adapter à l'atmosphère de son récit, pour préciser un trait, une nuance, dans le décor de son action romanesque, une rue des Tilleuls, une avenue des Arènes, un boulevard des Vosges ou n'importe quel nom auquel puisse s'attacher une indication de pittoresque local, un souvenir d'histoire ou une précision topographique régionale. Et c'est ici le romancier qui a raison. Son instinct le conduit à une vérité. Il sent bien que les mêmes noms répétés — à des fins assurément très estimables — sur des plaques indicatrices de centaines de rues de centaines de villes banalisent de vieux visages de France dont chacun, à chaque occasion de ces hommages multipliés, perd un peu de son expression propre.

Quand il s'agit encore d'une voie neuve non encore baptisée, le nom moderne s'explique et ses inconvénients se limitent. Mais, pour les rues anciennes, il faut éviter que les noms d'autrefois, pittoresques et suggestifs, soient effacés trop légèrement par quelque fantaisie de municipalités. Est-ce à dire que l'on doive tout conserver et que certains noms (par exemple de propriétaires de terrains qui, dans le passé, n'ont point marqué pour d'autres raisons plus décisives) soient perpétués à l'infini ? Non, sans doute. Il y a ici, comme partout, à distinguer et à sélectionner. Mais cela nous conduit à nous initier à une science captivante, la science des noms de lieux, la « toponymie » que, pour notre agrément, un érudit, un historien, un topographe et un géographe sensible, M. Albert Dauzat, vulgarise en un livre d'une claire et captivante information (1).

« La désignation originaire des lieux (toponymie), conjuguée avec l'histoire, écrit M. Dauzat, indique ou précise les mouvements anciens des peuples, les migrations, les aires de colonisation, les régions où tel ou tel groupe linguistique a laissé ses traces... Elle nous fait suivre les déplacements de l'influence gauloise, ses foyers de rayonnement, son développement qui continue au début de la domination romaine. Elle retrouve en Gaule les emplacements des colonies barbares. Elle nous apprend comment s'est opérée la mise en culture du sol aux époques gauloise, gallo-romaine et franque ; elle nous renseigne sur les rapports entre l'homme et la terre, en faisant pressentir, dès le troisième siècle, sous un simple changement de noms de cités, toute la germination du régime féodal. Enfin, les phénomènes mystiques se manifestent dans la désignation des localités, qu'on a placées au moyen âge sous le patronage d'un saint, comme aux temps païens sous la protection de Vénus ou d'Hercule. »

Ce qu'il convient de décider, peut-être, c'est que la mode ne doit point effacer l'histoire par une substitution des noms qui, rare pour les villes, est, hélas ! trop fréquente en ce qui concerne les lieuxdits et les vieilles rues.

Il suffit que le nom aide à conserver le souvenir d'un fait d'histoire ou un parfum de légende. En divers endroits de France, des coteaux ou des accidents de terrain continuent de s'appeler le camp des Romains ou le Saut de la Bergère (souvenir de quelque jolie fille échappant, par un geste désespéré, à une odieuse poursuite). Pendant la guerre, en Argonne, le coteau de l'Homme mort, celui du Mort-Homme, le retrait sylvestre de la Fille-Morte maintenaient, au milieu de la vaste hécatombe, l'évocation d'un drame local, dont tout le pays s'était jadis endeuillé. Aujourd'hui, le souvenir funèbre s'est étendu. Et le nom maintenu (Mort-Homme, Fille-Morte) a pris un double sens tragique.

***

Le vieux Paris revit dans ses vieux noms de rues. Les dernières pages du livre de M. Albert Dauzat nous convient à une curieuse promenade dans ce domaine de la toponymie urbaine.

Les anciens commerces, les petites industries, les sièges de corporations, qui donnaient tant de caractère aux quartiers de nos vieilles villes, nous ont valu des rues de la *Ferronnerie*, de la *Lingerie*, de la *Cossonnerie* (de *cossons*, revendeurs), des *Lombards* (usuriers).

Les enseignes d'autrefois ont laissé leur image dans la dénomination survivante d'un bon nombre de voies urbaines. La rue du Cherche-Midi rappelle une enseigne bien connue du dix-huitième siècle. Origine analogue pour les noms des rues du *Pot-de-Fer*, du *Plat-d'Etain*, du *Cheval-Blanc*, de la *Poêle-Percée*, du *Pont-aux-Biches* (à Chartres). De l'histoire, par l'évocation d'édifices, de couvents, de fontaines, d'églises disparus, se fixa dans les rues du *Temple*, des *Petits-Pères*, des *Carmes*, de *Picpus*, de *Saint-Lazare*, de *Saint-André-des-Arcs* (aujourd'hui des *Arts*). Dans la rue *Grange-Batelière*, il y avait, jadis, un ruisseau et un bac, et la rue *Beautreillis* nous rappelle une treille parisienne qui fut longtemps fameuse. La rue des *Vieilles-Haudrictes* a pris le nom des vieilles femmes recueillies, autrefois, dans la mission de Haudry. Dans la rue *Vide-Gousset* et la rue de la *Grande-Truanderie*, on ne s'aventurait point sans armes et sans flambeaux. La rue *Trousse-Nonnain*, évocatrice de quelque fait divers piquant, s'est altérée en *Transnonain* avant d'être absorbée par la rue *Beaubourg*.

Des altérations de même sorte ont défiguré et privé de leur sens bien des noms primitifs. M. Albert Dauzat nous signale plusieurs des confusions ainsi produites. Par exemple, la rue des *Jeûneurs* était autrefois la rue des *Jeux-Neufs* et la rue *aux Oars*, la rue *aux Oues* (c'est-à-dire aux *Oies*).

Des anciens usages revivent en des noms imagés. La rue du *Pas-de-la-Mule* nous fait souvenir que les mules, ici, montaient au pas à cause de la déclivité. Jadis, dans les logis du *Fouarre*, les étudiants couchaient sur de la paille et du foin (*fouarre*).

D'autres rues nous incitent, en trois mots, sur le chemin d'une anecdote. Henri IV eut une amie très chère dans la rue *Gît-le-Cœur*. « Là ne gît le cœur », disait le Vert Galant. De cet aveu, on a fait une indication de voirie. La rue de la *Tombe-Issoire* court sur l'emplacement présumé de la sépulture du géant *Isoré*, célèbre dans les chansons de geste. Ces éléments d'évocation suffiraient seuls, n'est-il pas vrai, à nous faire orienter une flânerie dans ces vieux quartiers parisiens où se conservent le souvenir du géant *Isoré* et celui d'une belle amie d'Henri IV.

ALBÉRIC CAHUET.

---

(1) *Les Noms de Lieux, origine et évolution.* Delagrave, éditeur.

V

LA NOCE

L'abbé Laurière occupait avant moi, ce jour-là, le banc où nous nous rencontrions presque chaque après-midi.

Au fond de l'allée, à travers un portique de feuillages, une noce passa.

Les invités, qui étaient par couples, se levaient sans doute de table, et un jeune homme, devant eux, jouait d'un accordéon.

J'entrevis quelques antiques redingotes, la robe de la mariée ; un vieux en retard, son chapeau de haute forme aux poils rebroussés sur la tête, et en bras de chemise, s'arrêta pour allumer sa pipe.

— C'est la fille de Nicolas Berget qui épouse un petit employé des postes, me dit le prêtre. Je les ai bénis ce matin. Elle éclate d'orgueil. Ils vont habiter Paris... Les imbéciles !...

» Ces cortèges me font toujours songer à une autre noce...

» Je vous ai dit hier que j'avais épousé Loïsa Corbier.

» Je ne possédais aucun parent, et les amis de mon beau-père m'assistèrent seuls. Ce fut assez mêlé.

» Ce matin de juillet, j'étais en frac, cravaté et ganté de blanc dès huit heures, et je surveillais ma femme de ménage qui remplissait de fleurs tous les vases qu'elle avait trouvés. Il y en avait beaucoup trop, les cheminées et les tables ressemblaient à des autels ou à des reposoirs de Fête-Dieu.

» Bien avant le moment fixé, j'étais à Montmartre, chez ma fiancée.

» Elle n'était pas

Une noce passa...

encore prête, et la concierge, qui venait de ranger toutes ses plantes vertes, dans le corridor, m'avoua qu'elle était émue comme s'il s'agissait de sa propre enfant et elle me supplia de rendre heureuse cette grande fille qu'on parait de satins blancs et qu'on couronnait d'oranger en fleurs, de l'autre côté de la porte.

» Dans la pièce à peu près nue où étaient les affiches de Chéret et de Steinlen, et qu'on appelait le cabinet de travail de M. Denis Corbier, il y avait un vieux noir dont l'habit était orné d'une brochette de décorations mystérieuses. Mon beau-père arriva heureusement pour nous présenter.

» Il était en caleçon et il cherchait les boutons de ses manchettes !

» Le général Scipion était un ami de la famille, du côté maternel. Il avait disputé la présidence de la république d'Haïti au général Léonidas-Gustave, mais, abandonné de ses troupes démoralisées par le vacarme d'un vieux canon que possédait l'ennemi, il s'était réfugié à bord d'un croiseur français. Depuis cette époque, déjà lointaine, il vivait à Paris, digne, plein de souvenirs, et grelottant. Ses cheveux qui n'étaient pas tout à fait blancs semblaient en train de moisir, leur ébène crépu tournant au gris.

» Il devait servir de témoin à ma fiancée.

» M. Denis Corbier, qui avait trouvé ce qu'il cherchait, nous laissa ensemble.

» Malgré sa défaite, le général ne renonçait pas à la vie publique et il collaborait sous un pseudonyme, à un journal hebdomadaire de Port-au-Prince. Il avait rédigé une note qu'il me lut, sans prononcer un seul r. Il y disait :

» Le 1ᵉʳ juillet a eu lieu, à la mairie du dix-huitième arrondissement, le
» mariage de Mˡˡᵉ Loïsa Corbier, dont la famille maternelle est originaire de
» notre beau pays ensoleillé, avec M. Robert Laurière, l'artiste parisien bien
» connu... »

» Il y avait des vœux pour les nouveaux époux, et il n'oubliait pas de dire que le général Scipion servait de témoin à la mariée.

» Je ne compris pas très bien pourquoi il m'avait donné ce titre auquel je n'avais aucun droit. Artiste signifiait probablement : sans profession.

» En attendant les invités, il tira de sa poche la feuille où son compte rendu devait paraître. C'était un de ces journaux comme il s'en imprime dans beaucoup de nos sous-préfectures. Ils sont d'intérêt local et ils font songer aux humbles chemins vicinaux étroits, ombragés et bordés d'églantines.

» La gazette que me montra le général Scipion était à peu près pareille. Je la parcourus, pour être poli, et elle était puérile et charmante.

» Tout s'y réclamait de la France : Mˡˡᵉ Hertulie, modiste, rue des Fronts-Forts, prévenait sa nombreuse clientèle qu'elle avait reçu par le dernier courrier des chapeaux de Paris. M. Palémon Désir, le bottier élégant, rouvrait un magasin remis à neuf, et on offrait aux lecteurs des vers du poète Massillon Coicou que j'avais rencontré au Quartier Latin et qui devait être fusillé une nuit d'émeute...

» M. Denis Corbier nous rejoignit. Son gilet noir était, cette fois, complètement boutonné ! Il était en frac, mais il avait conservé sa lavallière de soie blanche. C'était une petite concession à la bohème. Il voulait bien s'habiller de noir, comme un notaire d'opérette, pour la noce de sa fille unique, mais ce large papillon flottant sur son plastron empesé représentait la fantaisie.

» Bien qu'il fût à peine dix heures, il ressemblait déjà à un sous-secrétaire d'Etat aux Beaux-Arts après un banquet, vous savez, un de ces anciens parlementaires qu'on choisissait pour veiller sur la Comédie-Française, l'Odéon, l'Opéra et les Monuments historiques, parce qu'ils avaient une barbe de rapin, qu'ils protégeaient des actrices et qu'ils avaient, à vingt ans, désespéré leur famille en écrivant des sonnets parnassiens ou en affirmant qu'ils seraient peintres.

» La porte de la chambre s'ouvrit.

» Dans l'ennuagement candide des mousselines, ma fiancée était parée pour l'autel.

» J'étais très épris et je ne vis qu'elle ; mais, au bout de quelques minutes, je dus me laisser présenter aux suivantes de cette princesse sarrasine, si belle sous ses voiles de mariée.

» Je vous ai dit que je n'avais aucun parent. Je ne connaissais que des amis qu'on laisse à la porte d'un café, et mon beau-père s'était chargé des invités. L'habit que je porte m'empêchera peut-être de vous les décrire exactement.

» Loïsa avait pour témoins le général Scipion et Rosa Larose. Mais vous êtes trop jeune et vous ne vous souvenez pas de celle-là. A cette époque déjà sa gloire ne troublait plus depuis longtemps les étoiles d'alcazars.

» Rosa Larose avait eu son heure au café-concert. Sa laideur spirituelle fut célèbre. Ses aventures aussi, et cette muse de la chanson polissonne eût pu, si elle avait daigné, écussonner son linge d'un authentique tortil d'altesse, car il ne fut bruit, pendant tout un hiver, que de son mariage avec un grand seigneur étranger. Elle lui préféra définitivement le comique de l'Alhambra qui la rouait de coups.

» Je l'avais applaudie à son déclin et j'ai toujours pensé qu'elle avait eu un caprice pour M. Denis Corbier dont elle était demeurée l'amie. Bien plus âgée que lui, elle avait une tignasse citron et une toilette sévère de soie noire.

» Mon beau-père avait choisi pour m'assister Rachel Dambreuil et Lucien Merlatte.

» Vous connaissez au moins les noms de ces deux-là ?

» La vieille tragédienne portait une robe invraisemblable dont elle paraissait devoir faire craquer l'étoffe vermeille à chaque mouvement. Elle ne jouait plus, bien entendu, étant devenue énorme et incapable d'apprendre par cœur *la Cigale et la Fourmi*, mais elle avait interprété tant de fois les rôles d'Hécube, de Cassandre et d'Agrippine qu'elle ressemblait à une pleureuse antique devenue obèse ou à la mère d'un de ces mauvais Césars maflus, féroces et cependant poupins. Devant elle, on était obsédé par de vieux souvenirs d'histoire romaine.

» Lucien Merlatte, qui était le plus illustre des invités, arriva le dernier.

» Cet auteur dramatique, complètement oublié aujourd'hui, était le plus aimable des hommes. Il avait signé vingt pièces à succès dont il n'avait pas trouvé trois répliques.

» Il y a, dans chaque génération, un malin dont la vie est le chef-d'œuvre qu'il n'est pas capable d'écrire. Lucien Merlatte était celui-là.

» Il avait collaboré avec de vagues comparses et il se moquait du jugement des vrais écrivains qui étaient d'ailleurs tous ses amis. Il était impossible de détester ce bon garçon cordial qui savait offrir à dîner et qui rendait tant de services. On riait à ses pièces, il souriait au monde entier, et l'on acceptait naturellement sa gloire infamante.

» Il arriva donc en retard, très à son aise dans un habit qui n'était pas neuf comme les nôtres, mais fatigué, un de ces fracs qu'on endosse chaque soir et qui était orné, à son revers, d'une discrète rosette rouge. On l'avait attendu en pestant contre lui ; dès qu'il fut là, personne ne songea plus à lui en vouloir. Il tutoyait tout le monde, sauf le général Scipion, et il avait cette bienveillance universelle des gens qui ont du monde.

» Le maire de l'arrondissement lui serra la main et l'appela cher maître. Quand on dut signer sur le registre de l'état civil, l'huissier eut l'air de lui présenter un de ces albums où les jeunes filles collectionnent des autographes célèbres.

» Je ne vous parlerai pas du mariage religieux qui fut pareil à tous les autres. Lucien Merlatte, cependant, ne connaissait pas le curé.

» En sortant de l'église, je montais en voiture avec ma femme et, dans trois autres landaus, suivaient l'auteur dramatique et Rachel Dambreuil, le général Scipion et Rosa Larose, M. Denis Corbier et une dame de ses parentes dont je n'ai pas retenu le nom et que je ne revis jamais. Le déjeuner, servi

Le veillard acheva de me renseigner.

dans un salon de *la Terrine*, un restaurant réputé alors et qui n'existe sans doute plus depuis longtemps, fut excellent. On parla beaucoup de choses du théâtre. Lucien Merlatte, qui savait toujours ce qu'il faut demander à chacun, fit briller jusqu'au vaincu d'Haïti, et, les bons vins aidant, à l'heure du café, on pria Rose Larose de chanter.

» Il était impossible de réclamer à Rachel Dambreuil le songe d'*Athalie*. Depuis qu'elle était à table, elle ressemblait à Vitellius !

» L'antique divette se fit prier comme une petite fille... Il y avait si longtemps !... C'était si loin, tout cela !... mais les convives insistèrent, et elle se leva.

» Ce fut plus terrible que si Rachel Dambreuil eût hoqueté un monologue tragique. Devant la table éblouie de roses et de cristaux, dans la lumière de ce splendide après-midi, adoucie par les stores de toile claire rayés de rouge, la chanteuse, ratatinée dans sa robe sévère, prenait des airs d'ingénue, penchait sa tête rôtie de vieille cigarière que couronnait la flamme jaune de ses cheveux oxygénés. Elle attaqua un de ces couplets imbéciles qui lui avaient jadis valu tant de rappels, mais les polissonneries en étaient devenues incompréhensibles et la bêtise humaine en était périmée. Elle n'alla pas jusqu'au bout ; elle ne se souvenait plus et, après nos applaudissements, il y eut un silence gêné.

» Je regardais Rachel Dambreuil pendant que Rosa essayait de retrouver sa voix. Ses paupières lourdes, striées de fibres sanguines, étaient closes et pesantes comme des coquilles. Lorsqu'elle les releva, ses yeux bovins pétillaient de malice.

» Nos amis nous quittèrent vers cinq heures.

» Je dînai, ce soir-là, en tête à tête avec ma femme, à la terrasse d'un restaurant du Bois. J'avais troqué mon habit contre un complet gris moins solennel et Loïsa portait une robe claire et un grand chapeau de bergère dont la paille fauve était garnie de coquelicots.

» Quand nous rentrâmes, avenue de l'Observatoire, le gaz était éteint dans l'escalier et mon petit appartement, encombré de bouquets, avait l'odeur d'un magasin de fleuriste où l'on aurait trop fumé. Nous dûmes les mettre dans la cuisine.

» J'avais loué un pavillon dans un vieux parc, en Seine-et-Oise ; nous y dînâmes le lendemain et mon beau-père nous rejoignit vers le milieu de juillet... »

*
* *

Je dus aller chercher le pain au bout de l'avenue et, lorsque je revins m'asseoir sur le banc, l'abbé Laurière continua :

— Je croyais entrer dans l'ordre et les voies communes où l'on place généralement les bonheurs tranquilles et je courais la plus lamentable des aventures.

» Ma femme n'en était guère responsable. Huit jours après notre mariage, elle n'aimait que le hamac du jardin dans lequel elle passait l'après-midi, les souliers de satin, les peignoirs et les chapeaux qu'elle faisait venir de Paris. Ce n'était pas sa faute. Elle subissait l'influence des belles créoles paresseuses enterrées depuis longtemps dans leurs robes de mousseline, et cette indolence, unie à l'anarchie souriante de son père, eut les résultats les plus désastreux.

» Je devenais casanier et j'habitais une de ces maisons qu'on abandonne aux servantes qui les pillent. Ma femme changeait de bonne tous les mois. Elle avait des idées particulières sur la conduite qu'on doit tenir vis-à-vis des gens de service. Bien entendu, aucune fille ne demeurait, même les souillons les plus résignés et les plus lugubres.

» Au bout de trois jours, je sentais une ennemie dans l'appartement, une hostilité sourde qui me rendait l'existence intenable. Je me suis pendant longtemps souvenu de toutes. Il y avait celle qui sait un peu de cuisine, mais qui méprise les soins du ménage et qui entasse les balayures sous les meubles ; celle qui laissait le gaz ouvert et qui écrivait sur le fourneau ; la blonde qui avait servi chez une demi-mondaine et qui mettait, dès le matin, des peignoirs flamboyants donnés par son ancienne maîtresse. Avec celle-là, le sucre-semoule avait un faux air de poudre de riz et, quand je prenais la carafe de vin blanc, je croyais me verser de l'eau de Cologne. Vous n'imaginez pas ce qu'on m'a servi ! J'ai connu des ratatouilles de cantine bourrées d'oignons et de poivre, des rôtis anémiques et gris, des œufs aux glaires rebelles, des sauces blanches comme on en doit manger dans les orphelinats et les hôpitaux, des soupes de chien, des choses sans nom qui diminuent celui qui les avale, dans une atmosphère de désordre et de haines mesquines.

» Le lit n'était jamais fait à midi et la table du déjeuner n'était pas encore desservie à trois heures. Ma femme, qui devenait incroyablement frileuse, sortait à peine. Il y avait du feu dans sa chambre jusqu'au mois de juin et des parfums violents dans toutes les pièces. Je croyais l'adorer. Elle avait pris la vénéneuse beauté d'un lourd fruit noir qui exhalait, selon les jours et son caprice, l'odeur du musc et des roses, du chypre et de l'œillet poivré. Une fois, j'entendis derrière la porte les locataires de l'appartement voisin rire avec des visiteurs qui avaient reconnu le palier à son parfum !...

» Vous me permettrez d'abréger.

» Au bout de trois ans, le petit avoir que je possédais était sérieusement compromis et j'avais déjà fait quelques démarches pour trouver une situation avant de partir pour cette plage qu'elle abandonna sans moi.

» Nous ne parlerons plus beaucoup d'elle. Ce n'est pas l'histoire de ce mariage que je voulais vous conter.

» Le 29 juillet, presque un mois après notre installation dans le pavillon que j'avais loué en Seine-et-Oise pour l'été, je lisais sous un arbre, lorsque le facteur m'apporta un paquet.

» Sabine tenait sa promesse !

» Il faisait chaud ce jour-là ; ma femme se baignait dans un ancien vivier qui était au fond du parc et je savais qu'elle en avait pour longtemps. Je coupai la ficelle et je montai dans ma chambre lire, au bord du lit encore défait, ce que je venais de recevoir... »

A travers les troncs des tilleuls, on voyait la route en pente qui menait au village. L'abbé Laurière semblait la surveiller.

— Je crains, me dit-il, de falloir vous quitter ; j'aperçois d'ici un homme qui va au presbytère. C'est le parent d'une de mes paroissiennes qui est gravement malade... Il doit venir me chercher.

» Je vous enverrai quelques-unes des lettres que je lus ce jour-là et j'y joindrai les autres... C'est bien ce que je pensais... Je ne me trompais point, on a besoin de moi pour finir une pauvre étape humaine... Un mot encore... Venez jusqu'au bout de l'allée, afin de ne pas me retarder... »

Pendant que je marchais sous les tilleuls, le vieillard acheva de me renseigner, heureux, semblait-il, de se hâter.

Sabine avait écrit pendant trois ans. Il avait pu lui répondre de loin en loin, mais il n'avait jamais osé lui avouer qu'il était marié. L'année où sa femme l'abandonna, la santé de M. Duval, qui s'était améliorée, interdisait à Sabine tout espoir de le retrouver. Elle disait qu'elle n'écrirait plus et c'est alors qu'il entra dans les ordres.

Lorsque je l'eus quitté, je rejoignis M. Bernard Olivier.

Il regardait le ciel, derrière la maison, en compagnie d'un vieux paysan qui le tutoyait, un ami d'enfance sans doute.

Au-dessus de nous passaient de grands triangles vibrants de canards sauvages, des nuages qui étaient faits de centaines et de centaines d'ailes.

Nous nous assîmes, le dos contre le mur de la maison ; mon ami fit remarquer qu'il était tiède d'une chaleur douce et presque humaine, et nous parlâmes du drame régulier des migrations.

VI

LES LETTRES

J'étais encore sur le banc, entre les deux vieillards, lorsque nous entendîmes une clochette dans le chemin creux bordé de haies.

— C'est la sonnette de l'enfant de chœur, fit remarquer le paysan que je ne connaissais pas. M. le curé va porter Dieu à la Rosine ; elle ne passera pas la nuit. Je crois, Bernard, que vous êtes tous les deux du même jour. Je

l'ai entendu dire souvent par ta pauvre mère... Tu as quatre ans de moins
que moi, n'est-ce pas ?...

— Oui, répondit M. Bernard Olivier, et je me souviens d'une robe bleue
à pois blancs que la Rosine étrennait à la fête qui eut lieu le 15 août, en 1879,
dans le pré du maire où dansaient les jeunes gens. Elle avait une vingtaine
d'années et c'était une jolie fille. Il me semble d'ailleurs, Antoine, que tu
t'en étais aperçu...

Le vieillard eut un sourire mélancolique.

— Ses parents n'avaient pas le sou, murmura-t-il, mon père était très
dur, et moi j'étais timide, mais je crois qu'à cette époque j'ai beaucoup souffert
et que je l'ai bien aimée. Le premier enfant qu'elle eut, elle lui donna mon
nom...

Il baissa la tête.

— Console-toi, mon bon ami, reprit M. Bernard Olivier, ta part a été
la meilleure. Peu à peu, tu as vu la belle blonde qui te plaisait vieillir et
devenir pareille à toutes les autres commères du pays. Tu n'avais plus que
de vagues regrets. A quarante ans elle était lourde, fanée, épaisse et injurieuse.
On n'entendait que sa voix dans le village et au lavoir. Tu n'en croyais ni
tes yeux, ni tes oreilles, mon pauvre Antoine, tu te demandais peut-être si
cette enveloppe massive et vulgaire n'emprisonnait pas ta jeune fille svelte
et fine aux cheveux d'or... Tu as vu certains jouets d'enfants, des boîtes
rugueuses, des coquilles ou des œufs de Pâques?... On les ouvre et une adorable
poupée frisée, en robe bleue ou rose, apparaît... C'est cela, n'est-ce pas,
Antoine ?...

— C'est cela, Bernard, dit le vieux paysan en levant ses yeux tristes,
mais je ne sais pas m'exprimer comme toi. Pourtant, ce soir, au moment où
M. le curé lui donne le viatique, cela me fait quelque chose, mais...

— Je comprends, acheva M. Bernard Olivier en se levant, c'est la mère
Belleau qu'on administre, Rosine est morte depuis quarante ans...

Ils me laissèrent seul sur le banc, ayant à visiter ensemble un bois qu'on
devait couper, et je restai assez longtemps à songer.

J'allais rentrer lorsque je vis, à travers champs, un enfant de chœur
qui paraissait venir de mon côté.

Je ne me trompais point, et il avait un paquet sous le bras.

L'abbé Laurière m'envoyait les lettres de Sabine par ce messager qui
portait un surplis blanc, une jupe rouge comme les petits chanteurs de la
Sixtine et des sabots fendus comme un croquant.

De grands nuages s'amassaient au ciel depuis un moment. Le vent qui
arrachait aux peupliers des feuilles déjà jaunies tomba. Ce fut la pluie, et
je dus rentrer.

Il était presque l'heure du souper, comme disait la vieille Marthe, et j'eus
à peine le temps d'aller enfermer le paquet dans mon secrétaire.

Quand je redescendis, M. Bernard Olivier m'attendait dans la salle à
manger.

J'avais hâte de lire le journal écrit par Sabine et, lorsque neuf heures
sonnèrent et que mon ami m'eut souhaité une bonne nuit, je gagnai ma
chambre.

L'odeur de la terre mouillée et celle de la cire dont on avait frotté le
parquet se mêlaient. Cette pièce trop vaste était dans l'ombre, et ma lampe
éclairait juste la table ancienne où j'avais posé quelques manuscrits. Je dus
lutter contre les ficelles que je ne parvenais pas à dénouer et que je ne voulais
pas couper.

Voici quelques lettres de Sabine, dans l'ordre où je les lus, et classées par années.

28 septembre 18...

Mon seul chéri,

Je t'écrirai peut-être chaque soir, mais ces lettres tu ne les auras que dans des mois, tu les recevras seulement le soir de juillet où il fit un si gros orage dans les montagnes qui sont autour d'Elantes. Tu m'as dit, en partant, que si j'étais libre tu m'épouserais ! M'attendras-tu ?

Nous avons décidé de ne nous écrire que le jour où quelque chose de très grave arriverait. Cela vaut mieux ainsi, et je respecterai le pacte.

J'arrive dans cette maison qui m'est hostile et qui est la mienne cependant.

J'ai trouvé mon mari effroyablement changé. Lui m'a à peine regardée. Il m'a dit avec une ironie atroce :

« Ah ! c'est un plaisir de te voir ; tu te portes bien, toi. Tu as encore engraissé... »

Pendant le dîner, il n'a parlé qu'à Manette.

Je n'ai presque rien mangé et, seule à présent dans ma chambre, je trouve plus dure cette existence que j'avais oubliée avec toi. Robert, où es-tu ? C'est l'heure où je te rejoignais en étouffant mes pas...

2 octobre...

La sœur de mon mari est ici depuis hier. Elle arrive du fond de sa province et de tous les mois de Marie que tu peux imaginer. C'est une méchante vieille fille vêtue d'invraisemblable façon. Elle est grisâtre comme une mite. Ils ont eu déjà un long entretien, et, à table, je ne compte plus.

Ils parlent entre eux de gens que je ne connais pas.

Leurs conversations sont pleines d'allusions dont je prends ma part... L'amour de la toilette conduit aux pires catastrophes... Une femme de leurs amies a mal tourné parce qu'elle portait des corsets faits sur mesure, à Paris, qui coûtaient quatre-vingts francs !...

Il y a eu un petit drame, ce soir, après le dîner.

Manette, qui vient d'avoir sept ans, comprend vaguement beaucoup de choses. Elle sent l'hostilité qui m'environne, l'espèce de complot taciturne qu'ils font autour de moi.

Au moment où la bonne apportait le gigot froid et la salade, de sa petite voix grave qui te plaisait, elle a lâché d'un trait, en regardant la lampe, ne s'adressant à personne, mais tout son visage rond gonflé de colère :

« D'abord, c'est ma maman la plus jolie !... »

Puis elle s'est cachée dans mes bras en pleurant.

Ils ont continué leur conversation et, moi, j'ai essayé de consoler Manette qui sanglotait contre mon épaule.

Je dissimulais la rougeur qui m'avait brusquement tiédi le visage, embrassant mon enfant pour la calmer. Ses cheveux blonds sentaient la feuille morte et la fourrure. Je ne disais rien, mais j'étais prête à pleurer, moi aussi.

À la table d'un ménage désuni, dans une salle à manger de notaire où l'on venait de servir du gigot et de la salade, les mots d'une petite fille qui se range du côté de sa mère, c'était tragique, tu sais, d'un tragique familier, profond et douloureux. Pauvre Manette qui croyait me venger et mettre les choses au point en affirmant que j'étais la plus jolie !...

* * *

...Je ne les vois guère qu'à l'heure des repas.

Personne ne saura jamais quels moments lugubres sont ceux que l'on passe à table quand on se déteste.

Toutes les conversations de mon mari et de sa sœur continuent à rouler sur la toilette. Bien entendu, je dois prendre ma part des allusions les plus vinaigrées. A les en croire, la poudre de riz ne sert qu'à cacher la honte des femmes adultères, les mains trop fines ne sont pas honnêtes! C'est la propre expression de Clémence, car elle s'appelle Clémence, mon chéri.

Je n'en pouvais plus aujourd'hui, et le soir d'automne qui rouille le jardin était si beau à travers la fenêtre qu'on doit fermer parce qu'ils ont toujours peur des courants d'air!

Si tu savais comme j'ai pleuré, seule dans ma chambre, sur ton épaule absente!...

* * *

...Je me dis souvent que je ne dois être qu'une petite aventure dans ta vie, que je suis seule à aimer et que tu ne songes sans doute plus à moi.

Je t'imagine à Paris. Tu sors d'un théâtre avec une jeune femme qui porte une écharpe de dentelle sur ses cheveux et un grand manteau clair. Il pleut, le trottoir est mouillé et luit sous un bec de gaz. Tu donnes ton adresse au cocher pendant que cette femme dont je ne vois pas le visage monte dans la voiture.

Et moi je suis là, pauvre petite provinciale qui rêve, les mains à plat sur ses genoux...

* * *

...J'ai rencontré aujourd'hui, sur le mail où je passais, un avocat qui demanda ma main quand j'étais encore jeune fille. Ma mère fut navrée de mon refus, mais elle ne m'en reparla jamais.

Pour quel motif puéril ai-je repoussé cet homme qui m'apportait sans doute le bonheur? Je ne me souviens plus.

Il m'a saluée. J'ai incliné la tête et j'ai vu qu'il pâlissait.

Il n'est pas heureux en ménage, lui non plus, et je sais qu'il m'aime toujours.

Est-ce drôle, dis? J'ai eu l'impression que nous étions pareils à deux personnages effacés d'un petit drame en demi-teintes et en grisailles, quelque chose comme les médiocres héros d'un roman où rien n'arrive, sous les arbres noirs d'un mail provincial que traversait un pensionnat de demoiselles en promenade, dans le soleil glacé et le vent froid de ce jeudi de février.

J'ai regagné la maison, le cœur plein d'une vague mélancolie...

10 mai.

...J'ai revu ce petit village d'Elantes où nous nous sommes connus.

Nous l'avons traversé et nous y avons déjeuné pour couper le voyage.

Pendant ces quelques heures, j'ai éprouvé la plus amère, la plus chère des douleurs.

J'ai tout revu : le bûcher devant la porte où je faisais sécher mes souliers blancs que tu comparais à deux pigeons, la vieille femme qui m'offrait des fleurs, la salle à manger avec cette table d'hôte où nous redevenions si cérémonieux.

Pendant qu'il faisait la sieste, dans un fauteuil, je me suis échappée. Il n'y avait personne, l'hôtel était vide. J'ai pris le vieil escalier de bois qui craquait toujours de la même façon, j'ai poussé la porte de ta chambre...

Ah! Robert, j'ai cru mourir! Les volets étaient tirés, le lit sans couvertures

*montrait la toile à carreaux blancs et bleus du matelas, et il ne restait plus
rien de nous.*

*La servante avait mis, pour balayer sans doute, une chaise sur la table
où tu écrivais ; on avait ôté les rideaux ; sur la commode étaient rangés des
pots de confiture, et cela sentait l'ombre enfermée et l'abandon.*

*Près du lit, il y avait un berceau bourré de draps. Je me suis sauvée.
Il me semblait que notre amour était mort et qu'on l'avait couché dans cette
corbeille pleine de linge...*

* * *

*...Je te raconte tout. Ces lettres que j'écris chaque soir sont les humbles
chapitres du journal monotone de ma vie. Je suis seule aujourd'hui et jusqu'à
demain soir. Il est allé à Nîmes pour une affaire embrouillée de succession.*

*Je n'ai pas envoyé Manette à la pension, je me suis habillée et nous avons
été commander un gâteau chez Magloire, le pâtissier de la Grand'Rue.*

*J'étais gentille, tu sais. Il faisait un bel après-midi glacial et sec, et je
portais un tailleur bleu dont les manches et le col sont brodés de fourrure. Sur
mes cheveux blonds que tu aimais, j'avais une toque charmante et ma voilette
blanche était très épaisse à cause du froid.*

*Nous avons goûté avec Manette dans la boutique claire qui sentait les babas,
les choux à la crème et les dragées.*

*Je t'aime, Robert, mais je suis si lointaine, si seule, et je sais bien, va, que
ce serait un miracle si je ne t'avais point perdu...*

* * *

*...Si nous nous étions quittés sans songer à nous revoir, si je n'avais pas
décidé de t'écrire, il est probable, Robert, que j'aurais gardé de notre aventure
un de ces souvenirs qui remplissent la vie d'une femme honnête d'une honte
extasiée.*

*Ces lignes qui te sont destinées forment, de jour en jour, un réseau de
fils légers qui m'emprisonnent.*

*Je ne pense qu'à cela, je crée moi-même l'envoûtement ; tout aboutit à ce
papier que tu liras.*

Peut-être aurais-je cédé à tout autre, cette nuit de juillet.

*Quand je suis entrée dans ta chambre, je ne souhaitais qu'une présence, un
abri, une voix pour me rassurer, pour me dire qu'il n'y avait aucun danger et
que cet orage était excellent pour la campagne... Ne te fâche pas, je suis une
petite bourgeoise très raisonneuse. Je t'ai donné, dans un élan qui ressemblait
à une vengeance, ma jeunesse bafouée, mais je ne t'aime éperdument que
depuis que tu es loin, et je t'adore comme on peut adorer seulement ce qu'on
n'a plus...*

* * *

Je lus, sans en passer une, toutes les lettres de Sabine.

Entre celle-ci et les deux dernières, il y avait une longue page résignée.
M. Duval allait mieux, il était d'une humeur plus égale ; la vie devenait
possible... Elle n'écrivait peut-être plus...

Puis, à un mois d'intervalle, elle avait envoyé celles-ci :

Mon mari s'est alité. Quelle tristesse, si tu savais!

*Il avait l'air de se déshabiller pour quelque chose de solennel et de mys-
térieux, pour une funèbre cérémonie d'abdication et de renoncement. Je voulais*

à tout prix avoir pitié parce que c'était terrible, cet homme maigre et triste qui se dépouillait machinalement de ses vêtements et qui enjambait le lit comme on enjamberait une bière.

Les marronniers de la place, à travers le tulle des rideaux, étaient de grosses boules sombres qui paraissaient éclairées par les grappes de leurs fleurs, et j'ai dû ouvrir la fenêtre pour chasser un bourdon furieux qui se cognait contre les vitres.

Quand il a été couché, j'ai arrangé le drap qui traînait et j'ai eu l'impression de rabattre un suaire. Je comprends confusément qu'il ne se lèvera plus. C'est fini. Désormais, il me semble qu'il n'habite plus la maison.

Il m'a demandé pardon. Il m'a dit qu'il avait eu des torts envers moi, que c'était à cause de sa maladie...

Je n'ai pas pleuré...

Personne, pas même un malade, n'a le droit de faire souffrir un autre être avec cette constance, pendant dix ans...

* * *

Mon chéri,   *16 juillet.*

Je n'ai pu t'écrire pendant ces quelques jours.

Mon mari est mort dans la nuit du 14 juillet.

Les reflets des lanternes vénitiennes éclairaient la chambre tiède où flottaient des odeurs de fioles pharmaceutiques ; des flonflons d'orchestre venaient par bouffées joyeuses des bals populaires installés en plein air, et moi je ne pouvais penser qu'à toi.

Ecoute, Robert. Je t'écris à la hâte aujourd'hui. Je t'aime. Je ne suis qu'une petite bourgeoise de province, et cet amour auquel tu n'as peut-être attaché qu'une importance passagère est la grande aventure de ma vie.

Es-tu libre encore et veux-tu de moi à présent? Je me souviens de ce que tu m'as dit devant la diligence qui allait m'emporter.

J'attendrai ta lettre éperdument. Je suis chez ma mère. Oh! Robert, s'il n'était pas trop tard!...

VII

L'HERBORISTERIE

Je restai deux jours sans revoir l'abbé Laurière.

Le commencement de septembre ressemblait à l'arc de la treille rougie sur laquelle voletaient les abeilles plus lentes, attirées par les muscats ambrés ; les colchiques, pareils à des veilleuses mauves, éclairaient les prés, et M. Bernard Olivier, qui était friand de champignons, m'avait appris à les connaître.

Nous allions, le matin, avant la sortie des troupeaux, dans les herbes mouillées, chaussés de sabots, et nous rapportions, dans un mouchoir, deux ou trois douzaines de psalliotes des champs.

Les hommes issus d'une vieille souche paysanne qui viennent vivre à Paris sont un peu semblables à ces morts antiques qui buvaient quelques gouttes puisées au Styx et qui oubliaient alors les jours de la terre.

L'eau de Seine qu'on vous apporte dans un petit restaurant de la rive gauche, où l'on débarque avec une valise contenant un peu de linge et le manuscrit d'un volume de vers, a, semble-t-il, le pouvoir de l'onde mythologique.

Pourtant, l'oubli qu'elle procure n'est pas aussi total. Il suffit d'une odeur de glèbe, d'une fumée qui monte d'un toit, d'un coup de vent dans de vieux arbres, pour que l'envoûtement soit brisé.

En découvrant dans les herbes rases les petits chapeaux blancs des champignons qui s'y cachaient, j'éprouvais certainement la joie secrète des vieilles de ma famille qui cherchaient, sous les châtaigniers de leurs Cévennes natales, les cèpes bruns et les oronges carminées.

Mon compagnon s'étonnait de mon habileté instinctive. Je ne faisais presque jamais, comme lui, le geste de me baisser pour ramasser une de ces vesses-de-loup qui ressemblent à peu près exactement aux psalliotes et qui naissent par centaines dans les prés où viennent ces derniers.

J'avais toujours achevé ma récolte avant lui, et nous rentrions, les doigts noirs de terre humide et parfumée, comme si nous avions touché à l'automne adorable et pourri.

Quand j'étais seul dans ma chambre, je reprenais les lettres navrées de Sabine.

A présent qu'on les a lues, on comprendra mon émotion. Cet humble drame m'avait bouleversé. Enfin, un matin de soleil dolent, vers onze heures, je retrouvai l'abbé Laurière sur la route.

— L'histoire, me dit-il, ne s'arrête pas à ce dernier adieu, au bas d'une page. Marchons un peu dans ce chemin de traverse. J'ai accepté une invitation à la Richardière et j'ai refusé la voiture que M. Désaubrets, le propriétaire, voulait m'envoyer, parce que je comptais vous prendre en passant. Ce n'est pas loin et vous serez aux Tilleuls à midi. Allons doucement, par exemple.

» Il y a six ans, je dus faire un court voyage à Avignon pour recueillir la succession d'une parente dont j'avais presque ignoré l'existence et que je croyais morte depuis longtemps.

» Je choisis un de ces vieux hôtels qui tiennent encore de l'affenage et de l'auberge, dans une rue endormie. Il y avait une poulie au-dessus de la lucarne du grenier ; la cuisine était immense, et, devant la porte, des poules cherchaient, sous une charrette, l'avoine que les rouliers laissent tomber de leur sac.

» La ville me plut tout de suite.

» Il y a des endroits où un curé est assez dépaysé, mais une robe de prêtre dans une rue d'Avignon, c'est un peu comme un uniforme d'officier dans une ville fortifiée de l'Est. Comprenez-vous ce que je veux dire ?

» Le Midi latin, dont la lumière miraculeuse dore et conserve les ruines romaines, sera sans doute le dernier refuge de la religion.

» Je visitai, naturellement, quelques églises et le château des papes, mais, surtout, je regardais les vieilles dames que je rencontrais. Sabine Duval avait près de soixante ans, si elle vivait encore, et elle avait dû, après la mort de son mari, venir à Avignon où sa mère habitait alors.

» C'était puéril, car il m'eût été difficile de la reconnaître. L'automne touchait à sa fin, et les soirées étaient fraîches. La mère de l'hôtelier, une Provençale qui portait le ruban et le fichu d'Arles, m'offrait, dès que je rentrais, une chaise devant le feu, dans la salle à manger où l'on me servait. Je l'écoutais... Enfant, elle avait joué devant la maison du poète Aubanel et elle avait entendu Mistral réciter des vers à une table qu'elle me montrait de sa

main fine, sèche et brune toute garrottée de veines bleues, ainsi qu'une main
de vieille Sarrasine.

» Le jour de mon départ, comme elle me parlait du notaire qui venait
de régler mon affaire, je lui demandai si elle n'avait pas connu M. Duval.

» — Il est mort depuis bientôt vingt ans, me dit-elle, il était l'ami de mon
» fils aîné que j'ai perdu. Lorsqu'il venait à la ville, c'est chez nous qu'il
» descendait toujours, et je crois même que vous avez couché dans la chambre
» qu'on lui réservait... »

» Je regardai les briques rouges qui pavaient la salle, et je murmurai,
comme si je devais m'excuser, que j'avais aperçu cette famille dans un hôtel
de ville d'eaux, il y avait fort longtemps.

» La vieille dame continua :

» — C'était un très honnête homme que la maladie avait aigri... Sa femme
» ne l'a sans doute pas beaucoup regretté, car il avait un caractère difficile...
» D'ailleurs, il y a des gens qui sont nés pour le malheur. Sa veuve, à qui il
» laissa une situation assez embrouillée, perdit sa fille unique peu de mois
» après son mari et elle dut prendre un petit commerce... »

» On l'appela de la cuisine, et, avant de sortir, elle acheva :

» — Ah ! vous avez connu les Duval ? Eh bien, ils sont tous morts, sauf
» la veuve que je n'ai pas vue depuis des années, et qui tient une herboristerie
» près de Sainte-Claire. »

» La servante vint mettre le couvert ; tous les clochers d'Avignon sonnaient
midi. Je ne fis pas grand honneur, cependant, au déjeuner, et, dès que j'eus
payé ma note, je quittai l'hôtel, décidé à ne prendre que le train de nuit, au
lieu de repartir vers quatre heures.

» Sabine était là, à l'ombre de ce clocher que je pouvais apercevoir !... Si
l'on m'avait dit : Mme Duval n'a pas tardé à se consoler avec un gros négociant
qui lui a laissé une fortune considérable et, bien qu'elle approche de la soixan-
taine, on ne lui donnerait jamais son âge, si on m'avait dit cela, je crois que
j'aurais été guéri et que j'aurais pris mon train, sans regret ; mais je savais
qu'elle était seule, pauvre, et il me semblait qu'elle m'attendait depuis vingt ans.

» Je laissai ma valise au buffet de la gare où l'on me servit un verre que
je ne bus point, et je demeurai là, parce que je n'aime pas voir une robe de
prêtre dans un café. Je lus des journaux, toutes les étiquettes des bouteilles
rangées sur le comptoir, toutes les pancartes des murs qui vantaient des apéritifs
et des liqueurs, et, à trois heures, je redescendis vers la ville.

» Je désirais voir la boutique avant la nuit, mais je n'y voulais entrer
qu'au crépuscule, et j'allai tout droit à Sainte-Claire.

» A la vitrine d'une librairie était exposée une brochure consacrée à cette
église. Je l'achetai et la feuilletai en attendant ma monnaie, et j'appris ainsi
que Pétrarque y vit pour la première fois Laure de Noves à la messe.

» Une ruelle s'ouvrait devant le porche et, au rez-de-chaussée de la troisième maison, je lus sur une vitre :

HERBORISTERIE

Mme DUVAL

» Au-dessous des lettres dont l'or s'effaçait, il y avait une guirlande de
plantes sèches, accrochées par paquets à une ficelle. Un jeune abbé me salua.
Je fis demi-tour et j'entrai dans l'église.

» Si quelqu'un m'aperçut, il dut croire que je priais avec ferveur, mais
j'avais une trop pure idée de Dieu pour l'associer à l'émotion d'un vieil
homme qui va retrouver, après un quart de siècle, le visage défait qu'il aima.

» Lorsque je levai la tête, les flammes des cierges dansaient devant mes yeux mouillés. Un prêtre célébrait un office dans une chapelle ; des femmes, à mantes noires, passaient entre les piliers ainsi que des ombres lasses, et, pour m'apaiser un peu, je m'obligeais à imaginer François Pétrarque à la place où je me trouvais, ce matin du quatorzième siècle où il vit, dans la clarté de paradis que filtraient les verrières, celle qui devait être pour lui l'inaccessible amour. Je vous fais grâce des images évoquées à ce moment. Vous êtes plus habile que moi à ce jeu. Laure de Noves ! Sabine Duval ! La vierge et patricienne apparition de l'altissime poète, et cette petite bourgeoise malheureuse vieillissant dans une herboristerie d'Avignon, je sais, je sais... et pourtant !...

» Je ne vous ai pas tout raconté, mais vous avez deviné, n'est-ce pas? qu'à peine marié, je m'étais rendu compte que je n'aimais que Sabine. Je n'avais rien osé lui avouer et je n'avais fait le geste irréparable qu'après sa dernière lettre, celle dans laquelle elle m'annonçait qu'il fallait abandonner tout espoir, que M. Duval guérissait, que la vie devenait à peu près supportable et que son devoir était de demeurer entre sa fille et son mari, avec ses souvenirs secrets. Quand je sortis de l'église, la rue étroite était de la couleur que je souhaitais et une lampe brillait dans la boutique. Je regardai à travers la vitre. Elle était vide et il y régnait un ordre méticuleux. Des bocaux s'alignaient sur des étagères, les casiers avaient des étiquettes ; sur une petite table, il y avait une lampe à pétrole à abat-jour mauve, un journal et des lunettes.

» J'ouvris la porte... une clochette grelotta au ras du plafond où se balançaient des paquets d'herbes salutaires.

» Une voix dit : « Je viens !... » et, tout de suite, je reconnus la voix de Sabine, sa voix, ce qui avait le plus complètement sombré dans le désastre, la chose la plus intime de son être, ce que je ne parvenais jamais à retrouver.

» Elle devait être occupée dans l'arrière-boutique, elle répéta :

« — Je viens !... »

» Puis, sans bruit, elle fut devant moi.

» Il ne lui restait rien de ce que j'avais connu. Elle portait sur ses cheveux gris un léger fichu de guipure noire et, vêtue d'une robe sombre qui n'appartenait à aucune mode, elle ressemblait à une *Pieta*.

» J'étais nu-tête, et je ne pouvais rien dire.

» Elle me regarda... Ses yeux s'agrandirent, je sentis qu'elle allait crier mon nom, et je pus enfin murmurer : « C'est moi... Sabine. Je suis venu... »

» J'avais beaucoup pleuré à l'église, mais, elle, qu'allait-elle faire ? Un client pouvait entrer à chaque instant. D'une pâleur incroyable, elle ne cessait de me regarder et, lorsqu'elle parla, elle dit lentement, comme si elle eût épelé la phrase :

« — Robert... est-ce possible ?... »

» Un orage de larmes l'eût peut-être emportée, mais la clochette tinta dans les touffes de plantes médicinales et une fillette entra pour acheter un cornet de tilleul.

» Sabine ouvrit un tiroir, pesa les feuilles recroquevillées, rendit la monnaie et demanda à l'enfant des nouvelles de sa grand'mère, puis, lorsque nous fûmes seuls, elle me fit entrer dans l'arrière-boutique qui lui servait de chambre et de salle à manger. Résignée, elle écouta sans un mot ce que je crus devoir lui dire, et nous ne nous prîmes même pas les mains. Ce n'était plus possible ; nous nous retrouvions, semblait-il, dans un autre monde ; nous n'étions que deux pauvres vieillards brisés, et mon chapeau de curé était entre nous, sur la toile cirée de la table.

» Quand la clochette tintait et que la porte de la rue s'ouvrait, Sabine se levait. C'était le moment trouble où les malades ont besoin des bouquets

de corolles mortes et de feuilles flétries qu'on va chercher pour eux à l'herboristerie. Elle me laissait alors seul dans la pièce qui avait un parfum de
tisanes et qui était encombrée de trop de meubles, sans doute ceux qu'elle
possédait à l'époque où vivait son mari.

» Elle se désolait, elle voulait aller acheter une bouteille de vin fin, et
je dus la rassurer, lui dire à plusieurs reprises que je n'en buvais jamais à
mon repas du soir.

» Elle porta mon chapeau sur un fauteuil, avec précaution, comme si
elle n'osait pas y toucher, et elle mit sur la table une nappe trop large qui
traînait.

» Elle ne songeait plus qu'à ce dîner. On est souvent distrait des choses
les plus terribles par d'hum-
bles soucis. J'ai vu, tout enfant, agoniser ma grand'mère.
Eh bien, la nuit où elle suf-
foquait à cause de son vieux
cœur qui allait cesser de
battre, elle ne se plaignait
que d'une dent dont elle souf-
frait!

» Ainsi faisait Sabine.
Elle ne pensait, ce soir-là,
qu'aux légumes et au rôti
qu'elle ne pouvait se procu-
rer, car nous avions causé
pendant longtemps et il était
près de neuf heures.

» — Je vous assure, ré-
pétais-je, que je n'ai pas
faim et que la moindre chose
suffira.

» Elle sortit d'une ar-
moire des pots qui montraient
des tranches de coing ou des
abricots, et je vis tout à coup
son pauvre visage illuminé.

» Elle avait trouvé une
terrine dans laquelle était une
aile d'oie confite.

» « — Je n'y vois plus
très bien sans mes lunettes, murmura-t-elle, comme si elle s'excusait. Où les
ai-je posées?... Pourvu que ce soit bon, mon Dieu!... »

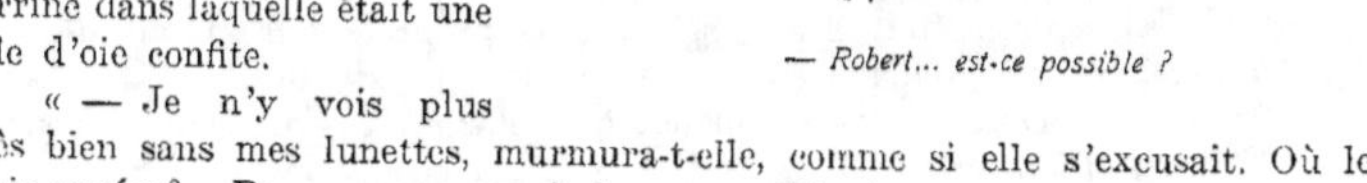
— Robert... est-ce possible ?

» J'avais aperçu ses besicles, près de la lampe, sur le comptoir du magasin,
avant de pousser la porte, et je le lui dis.

« — Je les perds toujours », fit-elle, et elle alla dans la boutique obscure.

» Quand elle revint, elle ouvrit la terrine, ôta le papier qui mettait à
cette conserve des scellés onctueux et elle sourit en voyant que la graisse était
blanche et luisante comme une couche de givre.

« — Je suis heureuse, dit-elle, j'ai du potage, une salade avec ce morceau
d'oie et ces confitures, vous dînerez tout de même... »

» Il était tard et nous nous mîmes à table.

» Chacun de nous pensait aux anciens repas dans la petite salle d'auberge,
à Elantes, il y avait trente ans, quand Sabine avait ses beaux bras pentéliques

sous le tulle transparent de son corsage, quand j'étais jeune, et le pain s'arrêtait à ma gorge, tout semblait mort, et, de la boutique noyée d'ombre, venait le parfum léger des plantes sèches...

» Ce n'est pas ce matin que vous saurez la fin de cette histoire, acheva l'abbé Laurière, voici M. Désaubrets qui vient au-devant de nous... »

Je quittai les deux hommes pour retourner aux Tilleuls après avoir parlé, pendant quelques minutes, de la pluie et du beau temps.

VIII

SOUS LES CYPRÉS

Le lendemain, je fus réveillé par des coups de fusil, dans les bois, au delà de la route, et par un lointain grondement de canon.

Des chasseurs battaient des taillis, et il devait y avoir quelques exercices d'artillerie, de l'autre côté de Poitiers. Cela m'émut plus que je ne saurais le dire et je me sentis brusquement replacé dans l'atmosphère de la guerre.

Ayant bu la tasse de café que Marthe m'apportait chaque matin, j'allumai ma pipe et, assis devant la croisée ouverte, je songeai à ce village de la Somme à demi ruiné où nous allions au repos quand nous descendions des tranchées.

Une vieille femme m'y louait une chambre que je partageais avec un ami. Il y avait encore aux murs des daguerréotypes et, sur la commode, des fruits de cire ou de verre, sous globe, de rouges pêches veloutées et des grappes de raisins blonds.

Cette pièce était tapissée de nippes pendues, et je n'ai jamais vu, dans un aussi petit espace, tant de boîtes et de cartons entassés, mais sa fenêtre, comme celle des *Tilleuls*, donnait sur une prairie et sur des bois.

Mon hôtesse était pareille à une serve du treizième siècle. Elle préparait nos repas ; sa maison était d'une méticuleuse propreté qui sentait déjà les Flandres, et il y avait, dans la cuisine, un métier de tisserand.

Elle m'impatientait souvent, surtout quand elle essuyait derrière nous la trace de nos souliers crottés.

Nous ressemblions si peu aux beaux militaires des vieilles guerres!

Mon humble grade -- j'étais sergent -- me permettait quelques fantaisies, mais mon compagnon avait un mauvais pantalon de velours à côtes, des molletières noires et des chaussures d'ouvrier agricole ou de terrassier, lourdes de cette boue jaune qui était comme la lie effroyable de ces années inhumaines.

A chacun de nos repos, la mère Plateau-Morel nous parlait de l'entrée des troupes allemandes dans le village, en 1914. De grands cavaliers trop blonds plumaient en selle des oies et des poules, sur leurs chevaux harnachés de cuirs fauves. C'était une houle de drap verdegrisé, le déferlement méthodique et tragique de « l'infléchissable armée », comme disait alors le kaiser dans ses orgueilleuses proclamations, ne sachant pas que ses uhlans et ses hussards, qui buvaient à même les bouteilles volées et qui plumaient des volailles, allaient, des rubans de femmes belges aux crinières et aux queues de leurs chevaux, vers l'enlisement et le charnier.

Un échelon d'arrière-garde avait occupé ce bourg picard et, en mai 1915, la fille de notre hôtesse, une sorte d'hébétée couverte de taches de rousseur, accouchait d'un enfant qui avait treize mois à l'époque où nous logions chez elle.

Les soldats l'appelaient Fritz.

Il avait des cils albinos, des cheveux pâles, bouclés comme une toison d'agneau, et sa présence était gênante quand on connaissait son histoire.

Il n'était pas à sa place dans ce village de la Somme. Sa grand'mère le régalait de haricots rouges fortement relevés de moutarde, elle lui laissait boire du pinard de l'Intendance qu'il avalait gravement en fermant ses yeux clairs, et, je ne sais pourquoi, je crus deviner qu'elle n'eût pas été fâchée d'en être débarrassée. Ce régime, qui aurait tué net un de ces bébés gavés de farines légères que des nurses anglaises promènent à travers le parc Monceau, lui réussissait à merveille. C'était un petit garçon blanc et gras comme on devait en voir dans les jardins publics de Berlin, de Munich ou de Dresde...

C'est à cause des coups de fusil dans les bois que je songeais à tout cela, que je croyais avoir oublié, et je passai ma journée à ranger des manuscrits, car j'avais décidé de partir vers la fin de la semaine et de rentrer à Paris.

Un peu avant l'heure du dîner, j'étais avec M. Bernard Olivier sur le banc du jardin, lorsqu'un voisin de campagne, que je ne reconnus pas tout de suite à cause de son accoutrement, nous salua.

Le jour de l'*ouverture*, ceux qui ont tué du gibier méprisent les gens paisibles qui n'ont abattu ni levraut, ni perdrix.

Je le compris à un regard du chasseur qui s'assit à mon côté, fatigué d'avoir battu le pays depuis l'aube.

Sachant qu'une victoire qui a lieu dans l'ombre et le silence n'est pas complète et que tous les vainqueurs aiment qu'on les loue, je lui fis d'abord compliment.

De son sac aux mailles tachées de sang sortaient, pêle-mêle, deux longues oreilles de peluche fauve, de fines pattes rouges, une petite aile cassée étirée comme un éventail ouvert. Il avait d'ailleurs raté un chevreuil... La bête avait emporté de son plomb et, sûrement, elle crèverait cette nuit dans un fourré.

L'évocation de cette agonie me troubla.

Le chasseur montrait cependant quelque inquiétude : son chien, qui devait s'attarder à suivre une piste, ne revenait pas, et l'absence de cet animal, qui risquait de s'égarer, gâtait la fin d'une journée pourtant comblée.

Le crépuscule se fonçait de plus en plus. Brusquement, un hurlement s'éleva sur la route où polissonnaient quelques gamins du village, et, boitant et gueulant comme si on l'eût écorché vivant, le complice du chasseur se précipita vers nous.

Il ne marchait que sur trois pattes.

Son maître l'examina avec une sollicitude touchante.

Ce n'était rien, heureusement, qu'un coup de caillou sournoisement lancé par un enfant. Il s'assura que la jambe jouait bien, il la frictionna, accompagnant le traitement de mots tendres, et les beaux yeux serviles, comme baignés de pleurs contenus, se levèrent vers lui, et il rentra, son chien entre ses bras, avec, dans sa carnassière gonflée, le lièvre, les perdrix et les petits oiseaux qu'il avait tués sans remords.

M. Bernard Olivier me regarda en souriant dans le capuchon de sa pèlerine.

— Notre voisin, dit-il, est sensible au malheur des uns et terrible aux autres. Son attitude ne manque ni de drôlerie, ni de contradiction.

» Allons dîner, acheva-t-il, j'ai oublié de vous dire que l'abbé Laurière ne viendrait pas. Sa gouvernante, Mme Duval, s'est alitée et le docteur, que j'ai vu tantôt, est assez inquiet. Il croit à cette grippe espagnole qui tua plus de monde que la guerre... »

*
* *

Nous nous mîmes à table, mais j'écoutai à peine mon compagnon qui venait de m'apprendre brusquement la fin de ce roman que l'abbé Laurière me faisait attendre.

Sabine avait dû se décider à quitter l'herboristerie et à venir à La Pariée comme gouvernante du vieux prêtre.

C'est ainsi que les choses s'étaient certainement passées.

En interrogeant M. Bernard Olivier, je compris tout de suite qu'il n'était au courant de rien.

— Je crois, me dit-il, qu'une parente dont l'abbé a hérité, il y a quelques années, lui avait recommandé Mme Duval. Elle était déjà vieille lorsqu'elle est arrivée ici et elle m'a surtout paru usée par une vie qui ne fut sans doute pas très heureuse. J'ai toujours trouvé qu'elle ressemblait aux saintes femmes qu'on voit dans les Descentes de croix et les Mises au tombeau des anciennes peintures. A son âge, d'ailleurs, celles pour qui l'existence n'a pas eu beaucoup de sourires ne se souviennent guère que de leurs deuils ; elles prennent quelque chose de biblique, et on a envie de les appeler Marthe, Madeleine ou Marie.

» Mme Duval fut toujours de santé précaire, du moins depuis son arrivée à La Pariée. C'était une excellente dame que tout le monde aimait beaucoup... Mais j'en parle comme si elle était morte. Espérons que l'inquiétude du médecin était exagérée... »

Neuf heures sonnèrent, et, lorsque M. Bernard Olivier m'eut quitté, j'allumai une autre pipe et, prenant ma canne et mon manteau, sentant que je ne m'endormirais pas facilement, je sortis fumer sur la route.

J'étais troublé comme au dénouement imprévu d'une situation que j'imaginais tout autre. Sabine Duval dangereusement malade chez l'abbé Laurière !

Sans doute, ils n'avaient pas eu la force de se séparer pour toujours et, à Avignon, dans l'arrière-boutique de l'herboristerie, ils avaient dû régler cela de la sorte.

Sabine avait vendu son humble magasin et elle était venue tenir le ménage du vieux prêtre.

Pareils à des fantômes, ils avaient probablement vécu, là, dans un exil infiniment triste et doux, et leur aventure leur semblait située dans une autre planète.

Il y avait eu la rustique salle d'auberge, à Elantes, avec ses chromos vernis, ses fleurs dans des vases en porcelaine bleu tendre ; une jeune femme blonde aux beaux bras nus sous de transparentes manches de crêpe, un jeune homme en veston de toile grise ; de frais déjeuners d'été, du vin blanc dans l'eau glacée du puits, d'aimables repas dans le demi-jour tamisé par un rideau de perse plein de naïfs bouquets fanés.

Maintenant, ils étaient là, effacés, après des jours inutiles, et il était si tard qu'ils avaient comme honte de songer seulement à ces bonheurs côtoyés et qu'ils ne s'étaient pas pris une seule fois les mains !...

Je sortis, en tâtonnant, de l'allée de tilleuls, qui ne parfumait plus la nuit légère, et je débouchai sur la route.

Une énorme lune rouge montait à l'horizon, et tout le village dormait.

Je passai devant le presbytère.

Au premier étage, de la lumière filtrait aux lames des volets.

Ce devait être la chambre de Sabine...

La jeune femme blonde était, à cette minute, une vieille dame malade veillée par un vieux prêtre, dans une cure perdue...

⁂

Le surlendemain, on enterra Mme Duval. Je devais rentrer à Paris le soir même et j'eus le temps d'assister aux obsèques avec M. Bernard Olivier.

Quand nous arrivâmes sur la place, les gens du village s'y assemblaient par petits groupes et, devant la sacristie, deux enfants de chœur, qui avaient déjà revêtu leur jupe rouge et leur surplis blanc, jouaient aux billes en attendant l'heure. Ils avaient gardé leurs sabots.

Nous pûmes offrir nos condoléances à l'abbé Laurière, dans la chambre mortuaire.

La glace, au-dessus de la commode, était voilée par une serviette : les volets étaient clos et deux cierges brûlaient de chaque côté du cercueil qui reposait sur deux chaises.

Une odeur de chêne fraîchement travaillé et de fleurs emplissait la pièce.

— Je pars tantôt, dis-je au vieux prêtre, et j'ai tenu à vous dire...

Il m'interrompit :

Il s'en retourna lentement, entre les cyprès...

— Vous connaissez à présent la fin de l'histoire... Vous allez nous quitter... Je ne vous reverrai sans doute plus... Je vous demanderai de bien vouloir marcher jusqu'au cimetière derrière le cercueil, avec M. Bernard Olivier. Cette pauvre Sabine n'a aucun parent et je dois l'enterrer moi-même, n'ayant pas ici de vicaire... Bon voyage et que Dieu vous garde !...

Il nous laissa pour aller revêtir ses ornements sacerdotaux et nous assistâmes à la levée du corps derrière lequel nous nous plaçâmes.

Au milieu des tombes, j'étais seul à me douter de ce que devait éprouver l'abbé Laurière. Il officiait machinalement et, lorsqu'il eut aspergé d'eau bénite la bière qu'on avait descendue dans la fosse, il s'en retourna lentement, entre les cyprès, sous les dentelles de son surplis, les yeux fixés sur la croix que portait, devant lui, un enfant de chœur.

FIN

LES LIVRES NOUVEAUX

L'Histoire vécue.

Les mémoires russes qui semblent des romans et les romans russes, qui ont l'aspect et peut-être la substance des mémoires, continuent de nous être offerts dans des textes français. Ainsi nous a-t-on présenté, sans nom de traducteur, le livre aux vastes proportions (650 pages au texte serré) du général Piotr Krassnoff, « dernier ataman élu des cosaques du Don » qui, après avoir passé une grande partie de sa vie à la cour de Russie, puis au front pendant la guerre, a joué un rôle important dans les luttes révolutionnaires. En son livre : *De l'Aigle impérial au drapeau rouge* (Payot, édit., 20 fr.), l'auteur expose tout ce qu'il a vu et vécu depuis le règne de Nicolas II jusqu'au triomphe des bolcheviks. Soif de confession, goût de la transcription brutale des réalités qui sont propres au Russe, complexité de psychologie où l'on se perd dans l'âme slave. Livre curieux en son détail descriptif, captivant en ses épisodes heurtés et dramatiques.

Les *Lettres des grands-ducs à Nicolas II*, publiées récemment à Moscou, viennent d'être traduites par M. Lichnevsky (Payot, édit., 20 fr.). Elles apportent la preuve que les grands-ducs ont cherché à faire pression sur le tsar pour le décider à réaliser enfin les réformes que réclamait le peuple russe et qui eussent peut-être évité la catastrophe où la Russie a sombré.

M. F. Ossendowski, l'auteur de *Bêtes, hommes et dieux* et de *l'Homme et le mystère en Asie*, nous a fait des récits d'aventures tellement extraordinaires que leur réalité a soulevé des objections dont certaines assez vives. Nous ne pouvons, faute d'éléments personnels de contrôle, nous prononcer sur les arguments qui se sont échangés en cette polémique. Nous noterons seulement que les livres de M. Ossendowski sont d'un pittoresque vivant et d'un intérêt de lecture soutenu. L'ouvrage, le plus récemment publié en France, de cet écrivain, dont la vie aurait été le plus prodigieusement mouvementé des romans, s'intitule : *De la présidence à la prison* (traduction de M. Robert Renard, Plon, édit., 12 fr.) et nous ramène aux temps de la guerre russo-japonaise et à la tentative de révolution dont triompha le tsar en 1905. M. F. Ossendowski nous raconte comment, promu président du « comité exécutif d'Extrême-Orient » pendant l'anarchie qui suivit la défaite des armées russes, il affronta les plus grands périls en luttant à la fois contre les « Cent-Noirs », violents instigateurs de troubles, et contre les extrémistes. Après des persécutions, une arrestation, un jugement flétrissant et un emprisonnement en compagnie des pires repris de justice, il ne dut la vie qu'à l'un de ces hasards qui font croire aux miracles. Il s'en fallut de peu que ce livre, publié et répandu en Russie avant les événements de la guerre et lors de la toute-puissance du tsarisme, ne ramenât de nouveau l'auteur dans ces prisons d'où il était si difficilement sorti.

La Tchéka, dont le fanatique organisateur a récemment disparu des scènes de ce monde, nous est présentée par M. Georges Popoff, l'auteur de *Sous l'étoile des Soviets*, comme une institution moyenâgeuse dont les procédés dépassent en horreur ceux de l'Inquisition, du Conseil des Dix, de la Terreur en ajoutant au machiavélisme des moyens de police un caractère de sauvagerie et parfois de sadisme où se trahissent les mentalités mongoles qui sévissent dans cette basse et terrible admi-nistration. La Tchéka, au surplus, apparaît dans le pays des Soviets comme un Etat dans l'Etat et sa puissance continue d'être redoutée par les plus hauts personnages du régime eux-mêmes.

M. Georges Popoff, qui fut attaché à la mission américaine de secours aux victimes de la famine et qu'une obscure dénonciation jeta dans un cachot, d'où il s'évada dramatiquement, a pu observer directement, ici et là, les choses effrayantes qu'il nous décrit. Son livre (Plon, édit., 9 fr.) a été traduit par Mme Cécile Knœrtzer.

L'histoire de M. Jaime Mir, qui nous livre ses *Mémoires d'un condamné à mort* (Plon, édit., 9 fr.), se situe, en Belgique, dans l'atmosphère tragique de la guerre, de l'invasion, de l'occupation ennemie. M. Jaime Mir, bien que de nationalité espagnole, entreprit, avec une grande audace courageuse, de servir les Alliés. Et son livre nous raconte les missions redoutables qu'il assuma, les pièges auxquels il sut échapper, l'ingénieuse organisation qu'il créa, la trahison qui le mit entre les mains de l'envahisseur. M. Jaime Mir n'échappa aux balles du peloton d'exécution que grâce à l'intervention du roi d'Espagne. Il n'appartient pas à tous les condamnés à mort de pouvoir rédiger leurs mémoires.

***

De la réalité romanesque au roman d'imagination.

M. Claude Farrère nous raconte, dans la collection « Leurs Amours », *une Aventure amoureuse de M. de Tourville, vice-amiral et maréchal de France* (Flammarion, édit. 9 francs). La vie de Tourville se compose comme un roman de cape et d'épée et, dans un roman de cape et d'épée, il y a toujours une histoire d'amour un peu exceptionnelle. Des pages vivantes et ardemment colorées de M. Claude Farrère, se dégage la silhouette d'un Tourville jeune, fantasque, étourdi, prodigue de sa vie et de son cœur, plus facilement troublé de la beauté des femmes que du péril et de la gloire, charmant aussi d'innocence, d'abandon, d'ingénuité. Et, souriant à ce marin irrésistible, voici — toute provocante en sa grâce voluptueuse — la Grecque Andronica, Andronica l'amante aimée qui, au milieu des plus invraisemblables coups de fortune, ne cessa d'être une femme : ruse et candeur, traîtrise et dévouement, incompréhensible mystère. Mais, surtout, il nous plaît d'être entraînés par M. Claude Farrère, à la suite de son brillant et un peu fol chevalier, sur ces mers et dans ces ports où, jadis, aux temps glorieux des Louis XIV et des Colbert, frissonnait et claquait, triomphante, la belle soie fleurdelysée du pavillon royal.

« Jamais le monde et le théâtre, a dit Edmond de Goncourt, ne se sont si étroitement touchés qu'au dix-huitième siècle, par l'esprit, par le cœur et par les sens... Dans cette petite glace à main où une femme de théâtre n'était jamais lasse de se mirer avant d'entrer en scène, se reflétait, par-dessus ses épaules nues, tout un monde d'hommes politiques, de grands seigneurs, de financiers pressés dans sa loge. Elle les apercevait... » Et nous les apercevons, aujourd'hui, avec *la Dugazon* (Alcan, édit., 15 francs), évoquée par le regretté Hugues Le Roux, en collaboration avec son frère, M. Alfred Le Roux. Tous deux descendaient de la célèbre artiste dont ils étaient les arrière-petits-enfants. La Dugazon a fait sa carrière à la Comédie-Italienne avec un succès tel qu'elle a laissé son nom à un emploi spécial, les « dugazon ». Sa vie, de 1759 à 1813, est une des plus intéressantes vies d'artistes qui se puisse imaginer, depuis les débuts dans *Lucile*, jusqu'à l'apothéose de *Nina*, de Dalayrac

MM. Hugues Le Roux et Alfred Le Roux ont conté de la façon la plus attachante et la plus vivante cette carrière qui embrasse trois grandes époques de l'histoire : la Royauté, la Révolution et l'Empire. Ils sont les premiers à qui on devra la biographie d'une des plus célèbres des artistes du chant.

Voulez-vous, maintenant, des romans d'aventures, à sujets d'histoire ? Voici, par MM. Maurice Schneider et M. C. Poinsot, *Sémiramis, reine de Babylone* (Gellimard, édit., 7 fr.). Un roman de la vieille Egypte, pensez-vous ? Vous vous trompez. L'une des originalités de ce roman, qui s'intitule *Sémiramis*, c'est que c'est un roman moderne, un roman-feuilleton d'aujourd'hui, adroit, d'ailleurs, et captivant.

Voici encore, *le Maître du simoun* (Hachette, éditeur), par M. Jean d'Agraives. C'est après mille étonnants épisodes, dont l'enchaînement ingénieux fait, sans cesse, rebondir l'intérêt romanesque, que le héros de M. Jean d'Agraives, le chevalier de Frécourt, lieutenant de vaisseau de la marine de S. M. Louis XIV, parvient à délivrer sa fiancée, tour à tour prisonnière d'Hassan le Noir, chef des pirates barbaresques, et de Bou-Lakdar, *le Maître du simoun*, en révolte contre Mouley Ismaël, sultan du Maroc.

*
* *

Questions actuelles. — Voyages. — Etudes diverses.

M. Pierre Hamp nous donne un nouveau livre de son écriture rude, passionnée, illustré d'images, fleuri d'anecdotes. *Une nouvelle fortune* (Edit. de la Nouvelle Revue Française, 12 fr.), ce n'est pas un roman, c'est un torrent d'idées et de mots, actives chroniques, propos de lutte, boutades, le tout adapté aux discussions et aux préoccupations de l'heure présente. Il est exact que, depuis que le drame économique du change nous empêche matériellement de courir le monde, nos soucis dépassent plus que jamais nos frontières. Jamais nous n'avons senti davantage un besoin d'échanges intellectuels, d'entente internationale aux fins de réajustements ou de reconstructions économiques. « De même que la France a eu des alliés pour la guerre, conclut M. Pierre Hamp, il lui en faut pour sa fortune, mais il n'est pas nécessaire que ce soit les mêmes... »

M. Paul Bluysen nous livre ses notes de voyage sur *la Route des Indes* (Edit. de la Renaissance du Livre, 12 fr.), prises au cours d'une rapide croisière qui, de port en port et de ville en ville, l'a conduit à travers la Méditerranée orientale jusqu'en Haute-Egypte. Il nous décrit en artiste et en poète les paysages entrevus, Naples et Pompéi, Athènes, Constantinople, Smyrne, Rhodes, Beyrouth, Jérusalem, le Caire, Louqsor et Karnak, et il étudie en observateur lucide les mœurs et les tendances modernes des peuples avec lesquels il fut en contact : le fascisme, le régime actuel de la Turquie, l'exercice de notre mandat en Syrie, le sionisme en Judée et la politique anglo-égyptienne au Soudan.

La Nouvelle Jérusalem (Perrin, édit., 9 fr.), traduit de l'anglais par Mme Jeanne Fournier-Pargoire, est le récit d'un voyage que fit en Palestine G. K. Chesterton après sa conversion au catholicisme. Tout en s'intéressant en artiste, en imagier et en archéologue aux aspects extérieurs de la Ville Sainte, l'auteur cherche, plus gravement, à en pénétrer les mystères et à en déterminer les leçons.

M. Alphonse Séché nous donne une *Histoire merveilleuse de Jésus*. Ecrire une histoire de Jésus, qui ne serait que de l'histoire (Renan s'y est efforcé sans parvenir à nous donner autre chose, en définitive, qu'une admirable œuvre d'art), est sans doute au-dessus des moyens documentaires que l'on possède. Nous savons des esprits éminents, spécialisés depuis toujours dans cette recherche passionnante, qui reculent devant l'entreprise d'en réaliser les résultats, trop insuffisants à leur gré. M. Alphonse Séché a eu la prudence lucide de se tenir sur le terrain du merveilleux. Il regroupe, autour des Evangiles, les légendes de l'abondante floraison du moyen âge et les textes apocryphes dont il a goûté le tendre lyrisme. Ce livre (Fayard, édit., 12 fr.) qui s'efforce à la simplicité du récit biblique en prend aussi le parfum.

Jamais peut-être plus que de nos jours, on n'a écrit d'histoires de saints et de saintes. Nos saintes nationales les plus récentes n'ont pas été oubliées. Mais il ne faut pas non plus qu'elles nous fassent oublier celles qui les ont précédées dans la ferveur de la nation. *Sainte Geneviève*, dont M. Jean Mélia, évoque la vie, avec un grand scrupule d'histoire (Ferrin, édit., 9 fr.), a surtout été la patronne de Paris. L'histoire de Paris est dominée, pendant des siècles, par cette figure de salvatrice et l'on ne comprendrait peut-être pas l'âme de Paris, depuis l'invasion des Huns jusqu'au moyen âge, si on la dépouillait du culte de sainte Geneviève.

M. G.-G. Beslier consacre à *l'Apôtre du Congo* (Edit. de la « Vraie France », 10 fr. 50) un livre fervent où s'évoquent les quarante-quatre années d'apostolat de Mgr Augouard, de l'ordre des Missionnaires du Saint-Esprit, l'un des civilisateurs les plus aimés de la race noire. Mgr Augouard joua son grand rôle de pacificateur dans l'épopée africaine ; il guida les Marchand, les Gentil et les expéditions scientifiques qui les suivirent. Les maladies, la persécution politique, les erreurs des pouvoirs publics, le coup d'Agadir qui démembra le diocèse, la guerre de 1914 qui causa la famine et la peste, ce ne furent là que des incidents pour le grand Français qui, après tant d'épreuves, eut la joie suprême de revenir, chargé de mérites et d'honneur, dans sa colonie et de la revoir une fois encore telle qu'il la voulut, toute prête au progrès. Après un apostolat si actif et une vie si pleine, le grand archevêque mourut de « la mort du moine ». Une grande figure dont il importait de fixer les traits dans notre souvenir.

La précieuse *Correspondance générale de J.-J. Rousseau*, collectionnée et commentée par Th. Dubois et publiée par M. Pierre-Paul Plan, vient de s'enrichir d'un cinquième volume (Armand Colin, édit., 36 fr.), qui embrasse la période durant laquelle, de septembre 1759 à février 1761, Rousseau prépare la publication de *la Nouvelle Héloïse*. Sur les deux cents lettres qu'il contient, environ cent vingt sont inédites. On y trouvera le début de la correspondance de Jean-Jacques avec Mme de Verdelin, une des rares amies, parmi toutes les figures féminines de cette autobiographie par lettres, dont, en dépit de tout et jusqu'au bout, la constance ne s'est jamais démentie. Six belles planches hors texte, en phototypie, reproduisent des documents peu connus, notamment le très curieux portrait de Voltaire par Huber.

Nous devons à la pieuse pensée d'une mère douloureuse la brève mais émouvante biographie du jeune *Guy de Fontgalland*, qui mourut à onze ans d'une mort admirable dont il paraît avoir eu très jeune la surnaturelle révélation.

Le Directeur-Gérant : RENÉ BASCHET.

Imp. de *L'Illustration*, 13, rue Saint-Georges, Paris (9e).

www.ingramcontent.com/pod-product-compliance
Lightning Source LLC
LaVergne TN
LVHW020640180726
843502LV00006B/2148